Der Hamal

Rudolf Lindau

Ohannes war zweiter Hamal in dem alten deutschen Bankgeschäfte Mertens & Söhne in Konstantinopel und in dieser Eigenschaft mit der Tätigkeit eines Kassenboten betraut. Er war nicht aus der großen Zunft der Hamal hervorgegangen, aber er zählte Verwandte und Freunde unter ihnen, war in Armenien geboren, frei, allem Anscheine nach, von den Lastern der verweichlichten Abkömmlinge eingewanderter Familien und im Vollbesitze der charakteristischen Kennzeichen seiner bäuerlichen Landsleute: eines ernsten, friedfertigen Wesens, zäher Arbeitstüchtigkeit und Arbeitslust, unübertrefflicher Mäßigkeit im Essen und Trinken und großer Körperkraft. Dabei war er ein schöner, stattlicher Mann, mit der Brust und den Schultern eines Athleten, bleich von Angesicht, mit pechschwarzem Haare, großen, dunklen, traurigen Augen, starken weißen Zähnen und einer mächtigen Nase. Er sprach wenig und immer nur zur Sache und führte die zahlreichen und verschiedenartigen Aufträge, die ihm täglich erteilt wurden, pünktlich, gewissenhaft und verständig aus.

Vor sieben Jahren hatte ihn sein Onkel Kevork, der damals zweiter Hamal bei Herrn Mertens war, diesem vorgestellt.

»Ich möchte auf einige Zeit nach Hause gehen«, hatte Kevork gesagt; »meine Anverwandten werden alt, und ich habe einen Brief von meinem Vater erhalten, in dem er mir schreibt, er wünschte, mich vor seinem Tode wiederzusehen; auch habe ich einige Geschäfts-Angelegenheiten zu ordnen. Und darum bitte ich um einen längeren, einen unbestimmten Urlaub. Ich habe einen meiner Neffen hierher kommen lassen, der vor drei Tagen in Galata eingetroffen ist, Weib und Kind und sonstigen Anhang in der Heimat gelassen hat, und dessen Kefil ich sein will. Ich bürge dafür, Herr, daß er ein treuer Mann ist, der, nachdem ich ihm gezeigt haben werde, was seine Pflichten hier sind, alles, was mir in diesem Hause anvertraut war, so gut und pünktlich verrichten wird, wie ich selbst es nunmehr fünfzehn Jahre lang getan habe, zu Eurer und Eures verstorbenen Herrn Vaters Zufriedenheit. Geruht Ihr, meinen Neffen anzusehen und mit ihm zu sprechen, und habt Ihr die Gnade, wenn sein Äußeres Euch gefällt, ihn an meiner Stelle in Eure Dienste nehmen zu wollen. Ihr werdet in ihm kaum einen neuen Diener erkennen, denn er ist von meinem Fleisch und Blut, und er wird Euch wie einen Vater ehren und Euch in allem, was Ihr ihm anbefehlen mögt, ohne eigenen Willen, gehorchen. Und komme ich später zurück, so werde ich hier nichts verändert finden und meinen alten Platz wieder einnehmen können, so daß Ihr kaum bemerken werdet, daß ich von Euch gegangen war.«

Herr Mertens, ein junger Mann von dreißig Jahren, der aber die Luft von Stambul, Galata und Pera seit seiner Kindheit eingesogen hatte, wußte wohl, was es zu bedeuten hatte, wenn ein Hamal in dieser Weise davon sprach, in die Heimat – ins *Memlekel* – zurückzukehren. Der Onkel Kevorks hatte dieselbe Rede dem alten Herrn Mertens vor fünfzehn Jahren gehalten, und Ohannes würde eines Tages zum derzeitigen Inhaber des Geschäftes in derselben Weise sprechen. – Kevork hatte jedes Jahr um einen kurzen Urlaub gebeten, und einen solchen auch regelmäßig erhalten. Er war dann nach Hause geeilt, um nach Frau und Kind und dem Eigentum zu sehen, und war stets zur bestimmten Zeit auf seinen Posten zurückgekehrt; aber die Art und Weise, wie er diesmal um Urlaub bat, sagte Herrn Mertens, Kevork habe während fünfzehnjähriger ehrlicher und unermüdlicher Arbeit genug Geld erspart, um hoffen zu dürfen, damit in seiner Heimat ein freies, auch ein sorgenfreies Leben führen zu können, und er werde, wenn es ihm zu Hause nicht unerwartet schlecht ging, niemals nach Galata zurückkehren. – Herr Mertens bedauerte, einen bewährten, guten Diener zu verlieren; aber er versuchte nicht, ihn zurückzuhalten. Er wußte, das würde vergeblich gewesen sein. Und so sagte er nur:

»Wie heißt dein Neffe?«

»Ohannes, Herr!«

»Wie alt ist er?«

»Fünfundzwanzig Jahre.«

»Du darfst ihn mir morgen vorstellen.«

Am nächsten Morgen erschien Ohannes, der Neffe Kevorks. Er machte einen günstigen Eindruck auf Herrn Mertens und wurde an Stelle des ausscheidenden Onkels als Kassenbote in Dienst genommen.

Kevork blieb darauf noch zehn Tage in Herrn Mertens Hause und verabschiedete sich erst, nachdem er sich überzeugt hatte, daß Ohannes in der Lage sei, ihn vollständig zu ersetzen. Dann dankte er seinem Herrn – ohne Überschwenglichkeit, ruhig, würdig, ernst, für alles Gute, das er in seinen Diensten genossen hatte, küßte den Saum seines Gewandes und verschwand mit dem üblichen: »*Allah ömürler versin*« – »Der Herr möge dein Leben erhalten!«

Ohannes bewährte sich. Es schien in der Tat, als habe sich im Hause Mertens' seit Kevorks Abschied nichts verändert. Die alten Diener hatten sich ohne weiteres und in ganz unauffälliger Weise mit dem Neuangekommenen vertraut gemacht und in ihrer Art befreundet, und dieser ging nach einigen Tagen all seinen Obliegenheiten mit einer Ruhe und Sicherheit nach, als wäre er sein Lebenlang Kassenbote des Bankgeschäftes gewesen. Der Kassier oder Herr Mertens selbst mochten Ohannes jeden Auftrag geben, der gerade vorlag – der Mann richtete nie eine Frage um nähere Auskunft an sie und tat, was ihm befohlen war, ohne sich einen Fehler oder eine Vernachlässigung zuschulden kommen zu lassen. Und das dauerte sieben Jahre ohne andere Unterbrechung, als die des jährlich regelmäßig erbetenen und bewilligten kurzen Urlaubes.

Da erschien an einem heißen Junitage der Türke Hadschi Mehemed, ein langjähriger und angesehener Kunde des Hauses, in Herrn Mertens' Arbeitszimmer und erzählte ihm, infolge eines Versehens seines Kassiers wären dem Hamal Ohannes, der gestern eine Summe von siebzig türkischen Pfund bei ihm zu entnehmen gehabt habe, dreißig Pfund zu viel ausgezahlt worden, und er bäte, daß ihm dieser Betrag zurückerstattet werde.

Herr Mertens beschied Ohannes zu sich.

»Du hast gestern Geld bei Herrn Hadschi Mehemed erhoben?«

»Ja, Herr!«

»Wieviel?«

»Ich sollte siebzig Pfund holen, man hat sich aber bei der Auszahlung geirrt und mir ein halbes Pfund zu viel gegeben. Ich selbst habe das erst hier bemerkt und dem Herrn Kassier davon Anzeige gemacht. Der hat mir befohlen, das halbe Pfund zu Herrn Hadschi Mehemed zurückzubringen. Das habe ich getan. Dort hat man es nicht annehmen wollen. Ein Irrtum wäre nicht vorgefallen, hat man mir gesagt. Das halbe Pfund müsse auf andere Weise unter die siebzig gekommen sein.«

»Nun?«

»Ich habe mit dem Herrn Kassier heute noch nicht abgerechnet. Ich wollte ihm zur üblichen Stunde Hadschi Mehemeds Antwort bringen und ihm gleichzeitig das halbe Pfund zurückgeben.«

»So! Nun höre, was Herr Hadschi Mehemed sagt.«

Die armenischen Diener werden im allgemeinen mit etwas mehr Rücksicht behandelt, als zum Beispiel ein Engländer auf einen Chinesen oder Inder oder ein Amerikaner auf einen »Nigger« nimmt, aber großen Zwang legt sich der Türke auch nicht auf, wenn er mit einem Hamal spricht.

»Du solltest gestern siebzig Pfund bei mir in Empfang nehmen«, sagte Hadschi Mehemed.

»Ja.«

»Man hat dir statt dessen hundert Pfund gegeben.«

»Nein. Siebzig und ein halbes Pfund hat man mir gegeben.«

»Lass' das halbe Pfund; das ist eine Kinderei. Du hast hundert Pfund erhalten und nur siebzig abgeliefert. Geh auf dein Zimmer und suche die dreißig Pfund; du wirst sie schon finden.«

»Ich kann sie nicht finden, denn ich habe sie nicht bekommen.«

Der Mann sprach in seinem gewöhnlichen ruhigen Tone, als schien er die Beleidigung nicht zu fühlen, die in dem gegen ihn ausgesprochenen Verdachte lag. Keine Muskel seines stillen Gesichtes zuckte; nur seine Augen blickten finster.

Hadschi Mehemed verlor nicht etwa die Geduld. Er sagte gelassen: »Ich möchte dich nicht unglücklich machen, aber ich will mich nicht bestehlen lassen. Heute ist Dienstag. Du hast das Geld vielleicht schon nach Hause geschickt, dann mußt du sehen, wie du es ersetzen kannst. Wenn es nicht Sonnabend früh in meiner Kasse ist, so sitzt du Sonnabend abends in Galata-Seraï.«

Galata-Seraï, das Untersuchungs-Gefängnis, ist der Schrecken aller nichteuropäischen Bewohner von Konstantinopel. Es ist eine Hölle, in dem Verdächtige und Angeklagte monatelang schmachten können, ehe ein Urteilsspruch über ihr Schicksal entscheidet. Und auch der, dessen Unschuld schließlich erkannt wird, verläßt Galata-

Seraï nicht, ohne mit einem Makel behaftet zu sein, der bis zu seinem Tode an ihm haften kann.

Ohannes' bleiches Gesicht wurde noch weißer, und seine Augen erschienen noch größer und dunkler. Aber seine Stimme blieb sanft und ruhig, als er sagte. »Warum wollet Ihr mich zugrunde richten?«

»Ich habe nicht die Absicht, dich zugrunde zu richten; ich will nur zu meinem Gelde kommen. Gib die dreißig Pfund heraus, und ich habe nichts mehr mit dir zu tun.«

»Ich habe sie nicht. Wie könnte ich mich an fremdem Gelde vergreifen? Ich wäre ja ein schlechter Mensch – ein Dieb.«

»Nun, ich denke eben, daß du das bist. Noch einmal: Willst du die dreißig Pfund herausgeben?«

»Ich habe sie nicht erhalten!«

»Nun gut. Das Weitere wird sich Sonnabend finden.«

Herr Mertens machte Ohannes ein Zeichen, sich zu entfernen, und dieser verließ das Zimmer in seiner gewöhnlichen stillen Weise.

»Der Mann sieht nicht wie ein Verbrecher aus«, sagte Herr Mertens, als er wieder mit Hadschi Mehemed allein war.

»Wer kann einen Armenier durchschauen? Er hat das Geld. Mein Kassier kann sich nicht geirrt haben. Er hat gestern nur zwei Zahlungen hier gemacht. In dem einen Falle hat er einen Scheck gegeben. Bares Geld ist überhaupt nur an Ohannes ausgezahlt worden. Die Kasse hat am Morgen gestimmt, und am Abend fehlten dreißig Pfund. Ohannes muß sie bekommen haben.«

»Nun,« sagte Herr Mertens, »ich werde noch näher nachforschen. Ich sehe Sie wohl Sonnabend früh, ehe Sie weitere Schritte tun . . . auch wegen Galata-Seraï.

Hadschi Mehemed ging, und gleich darauf beschied Mertens den Hamal wieder zu sich. Er sprach freundlich auf ihn ein, wie er überhaupt ein guter und wohlwollender Mann war.

»Ohannes, du hast gehört, was Hadschi Mehemed gesagt hat. Du weißt, daß dieser ein ehrlicher, freundlicher Mensch ist. Er würde dich nicht anklagen, wenn er nicht von deiner Schuld überzeugt wäre. – Hast du die dreißig Pfund erhalten? Sage es mir!«

»Nein, Herr.«

»Es ist vielleicht eine große Versuchung an dich herangetreten, und du hast ihr nicht widerstehen können. Dann bekenne es jetzt! Ich will es dir verzeihen, und niemand soll erfahren, was geschehen ist. Auch Hadschi Mehemed soll dich weder laut noch im geheimen anklagen.«

»Herr, wenn ich ein Dieb wäre, was könnte es mir nützen, daß Ihr es verheimlichen wolltet? Ich würde doch ein Dieb sein. Aber ich bin es nicht. – O Herr, glaubt mir!«

Herr Mertens war in großer Verlegenheit. Er wünschte, dem Hamal zu vertrauen; aber wie konnte er sich mit der Anklage des Türken abfinden? Auch wenn er diesem die dreißig Pfund zurückerstattet hätte, was ihm ein geringfügiges Opfer gewesen wäre, Hadschi Mehemed würde doch glauben, daß Ohannes das Geld gestohlen hätte.

»Geh nur jetzt«, sagte er; »es ist eine traurige Geschichte. Wir wollen sehen, wie sie enden wird.«

Als Ohannes gegangen war, ließ Herr Mertens den ersten und ältesten Diener des Hauses, den Armenier Gomida kommen. Er war desselben Schlages wie Kevork und Ohannes, aber er hatte seine Eltern als Kind verloren und war Witwer, ohne Nachkommenschaft, ein alleinstehender Mann, in dessen Absicht es zu liegen schien, auf dem Vertrauensposten zu sterben, den er seit dreißig Jahren bekleidete. Er hörte der Erzählung seines Herrn aufmerksam zu, ohne ein Wort zu sagen, ohne eine Miene zu verziehen.

»Nun, was ist deine Ansicht?« fragte Herr Mertens, als er geendet hatte.

»Ich werde mit Ohannes sprechen«, antwortete Gomida. »Und ich werde an Kevork schreiben. Die dreißig Pfund werden Hadschi Mehemed zurückerstattet werden.«

»Darum allein handelt es sich nicht. Ich will wissen, was du von Ohannes hältst.«

»Ich werde mit ihm sprechen.«

Im Laufe des Nachmittags trat Gomida wieder in Herrn Mertens' Schreibzimmer und sagte: »Ich werde morgen mit Ohannes in die

Kirche gehen, und wenn er dort vor dem Priester schwört, daß er unschuldig ist, dann hat er das Geld auch nicht genommen.«

»So werde ich bis morgen warten.«

»Es ist das beste.«

Als Gomida am nächsten Morgen wieder vor Herrn Mertens erschien, waren dessen erste Worte: »Nun, hat Ohannes vor dem Priester seine Unschuld beschworen?«

»Er ist nicht in die Kirche gegangen.«

»Warum nicht?«

»Ich konnte ihn nicht in die Kirche begleiten.«

»Aus welchem Grunde?«

Darauf antwortete Gomida nicht.

»Aus welchem Grunde, frage ich dich?«

»Ich zog es vor, nicht zu gehen.«

Herr Mertens kannte seine Armenier zu gut, um nicht zu wissen, daß es ihm unmöglich sein würde, Gomida gegen dessen Willen eine Antwort zu entreißen. Gomida hatte sich klar gemacht, daß es besser sei, nicht mit Ohannes in die Kirche zu gehen. Die Gründe, die ihn dazu geführt hatten, wollte er für sich behalten. Vielleicht fürchtete er, Ohannes zu einem Schuldbekenntnis zu zwingen oder, was noch schlimmer gewesen wäre, ihn in Versuchung zu führen, einen Meineid zu schwören. Gomida war ein strenggläubiger Christ und ein gewissenhafter Mann. Die Verantwortlichkeit, die er auf sich lud, wenn er Ohannes nötigte, mit ihm vor den Priester zu treten, war so groß, daß er sein Gewissen damit nicht beschweren wollte.

So erklärte sich Herr Mertens die Haltung des alten Dieners; aber nun geriet auch sein Vertrauen zu Ohannes' Unschuld ins Schwanken. Er vermied es, ihn während der nächsten Tage zu sehen, was ihm leicht wurde, da der zweite Hamal nur vor seinem Herrn zu erscheinen hatte, wenn er von diesem gerufen wurde. Aber Mertens hatte angeordnet, daß Ohannes seine Tätigkeit als Kassenbote einstweilen noch in unveränderter Weise fortsetzen sollte. Alles im Hause ging demnach, dem Anscheine nach, seinen gewöhnlichen Gang. Nur zeige sich die armenische Dienerschaft noch ernster, stiller, feierlicher als gewöhnlich. Es war, als läge ein Toter im Hause.

Am Freitag abend redete Herr Mertens Gomida noch einmal wegen Ohannes an. Morgen lief der von Hadschi Mehemed gestellte Termin ab. Sollte Mertens den Angeklagten nach Galata-Seraï, ins Verderben gehen lassen?

»Hast du Neues von Ohannes gehört?« fragte er.

»Nein, Herr.«

»Nun, was glaubst du von ihm?«

»Seine Verwandten sind ordentliche Leute.«

»Hadschi Mehemed wird ihn morgen ins Gefängnis werfen lassen.«

»Er wird sich zu retten versuchen.«

»Will er entfliehen?«

»Nein, entfliehen will er nicht.«

»Nun, wie will er sich dann vor Galata-Seraï retten?«

»Er wird es versuchen, Herr. Laßt ihn gewähren!«

Am Sonnabend morgen empfing Mertens den Besuch Hadschi Mehemeds. Auf dem breiten Gesichte des Türken lagerte ein gemütliches Schmunzeln. Nachdem er Herrn Mertens begrüßt hatte, sagte er:

»Sie sehen, ich hatte recht.«

»Wieso?«

»Nun, wegen Ihres Ohannes. Er hat sich noch rechtzeitig eines Bessern besonnen und mir heute früh die dreißig Pfund zurückgegeben.«

Herr Mertens, der zu lange im Orient gelebt hatte, um nicht in den meisten Fällen äußere Gelassenheit bewahren zu können, blieb ganz ruhig; aber er fühlte sich schmerzlich bewegt. Er hätte gern seinen Glauben an Ohannes' Unschuld bewahrt. Aber nun schien ihm dessen Schuld erwiesen. Daß das Geld verschwunden war, daß Gomida sich geweigert hatte, mit Ohannes zum Priester zu gehen, daß dieser dem Hadschi Mehemed die vermißten dreißig Pfund gebracht hatte – alles sprach gegen Ohannes. Aber diese Gedanken behielt Mertens für sich. Er sagte nur:

»Es freut mich, Hadschi Mehemed, daß Ihr wieder zu Eurem Gelde gekommen seid« – worauf dieser sich entfernte.

Nun wurde Gomida gerufen, dem Herr Mertens ein strenges Gesicht zeigte.

»Ohannes soll das Haus sofort verlassen. Ich schäme mich, seit Jahren einen Dieb in meinem Geschäft gehabt zu haben.«

»Ist Ohannes ein Dieb?« fragte Gomida.

»Nun natürlich! Er hat das Geld auch bereits an Hadschi Mehemed zurückgegeben. – Der Elende! – Er muß noch heute aus dem Hause! Zahlen Sie ihm seinen Lohn bis zum Ersten kommenden Monats – und dann soll er gehen. Ich will ihn nicht wiedersehen.«

»Ohannes ist ein sehr unglücklicher Mensch. Wie soll er einen anderen Platz in Konstantinopel finden, nachdem er von Euch als ein Dieb entlassen worden ist, und wie soll er Kevork, seinem Bürgen, und seiner Frau wieder unter die Augen treten?«

»Das ist seine Sache. Ich kann keinen Dieb in meinem Hause dulden.«

»Ist Ohannes ein Dieb?«

»Du fragst dies nun schon zum zweiten Male. Zweifelst du noch daran?«

»Ja.«

»Warum bist du nicht mit ihm in die Kirche gegangen und hast ihn vor dem Priester schwören lassen?«

»Ohannes ist ein unglücklicher Mensch. – Ich werde Eure Befehle ausrichten.«

Herrn Mertens war nicht wohl zumute, als er am Abende in Therapia, wo er während der heißen Jahreszeit wohnte, seiner Frau erzählte, er habe sich sehr geärgert, er habe Ohannes wegen eines von ihm begangenen Diebstahls entlassen müssen.

»Ohannes?« rief die junge Frau. »Nein, das ist nicht möglich. Ohannes kann kein Dieb sein. Ich möchte auf ihn schwören.«

Als ihr Gemahl aber die ganze Geschichte erzählt hatte, da kam ihr fester Glaube doch ins Schwanken, und sie sagte nur: »Der Unglückliche! Ich bedaure ihn recht sehr.«

»Ich auch. Aber das ändert an der Sache nichts. Die Ehrlichkeit eines Kassenboten muß über jedem Zweifel erhaben sein. Bedenke doch, welch große Summen man genötigt sein kann, ihm anzuvertrauen. Ich könnte ihn nicht in meinen Diensten behalten, auch wenn ich noch an seiner Schuld zweifelte. Hadschi Mehemed hält ihn für einen Dieb. Das genügt, um ihn für einen Vertrauensposten unmöglich zu machen.«

Eine Woche ging dahin. Ohannes war verschwunden, und Mertens hörte nicht mehr von ihm sprechen. Gomida war beauftragt worden, einen Nachfolger für ihn zu suchen, aber er hatte den richtigen Mann noch nicht gefunden.

Da, eines Abends, kurz vor Schluß des Bureaus, erschien Hadschi Mehemed wieder bei Herrn Mertens, und diesmal war eine gewisse Verlegenheit auf seinem Gesichte zu bemerken.

»Herr Mertens,« sagte er, sobald die üblichen Begrüßungen stattgefunden hatten, »Ohannes ist unschuldig!«

»So«, machte Herr Mertens.

»Die Post aus Korfu ist soeben eingetroffen und hat einen Brief von einem Geschäftsfreunde gebracht, der mir mitteilt, wir hätten bei unserer letzten Geldsendung an ihn dreißig Pfund zu viel übersandt. Der Kassier schiebt das Versehen auf den jüngeren Mann, der das Einpacken des Geldes zu besorgen hatte; dieser bringt ebenfalls Entschuldigungen vor. Auch die Sache mit dem halben Pfund, das Ihr Bote zu viel erhalten hatte, ist bei der Gelegenheit aufgeklärt worden . . . Eine ganz verwickelte Geschichte, Herr Mertens, die Sie aber nicht kümmern wird. – Die Hauptsache und was ich Ihnen zu sagen habe, ist, daß Ohannes in einem unbegründeten Verdachte gestanden hat. – Hier bringe ich Ihnen seine dreißig Pfund zurück. Sie geben sie ihm wohl. Und hier sind noch fünf Pfund, die ich ihm schenke, weil ich ihm Schmerzen und Unruhe verursacht habe. Auch das halbe Pfund mag er obendrein behalten.«

»Der arme Mann!«

»Wo ist er?«

»Ich weiß es nicht. Ich habe ihn fortgejagt.«

»Er wird leicht wiederzufinden sein. Und das Geschenk, das ich ihm mache, wird ihn trösten. Es tut mir leid, Herr Mertens, Unruhe in Ihren Hausstand gebracht zu haben, aber ich hatte keinen Grund, den Worten meines Kassiers nicht unbedingt zu glauben. An die Geldsendung nach Korfu hatte er in dem Augenblicke nicht gedacht, als er mir sagte, er habe an dem bewußten Tage nur zwei Zahlungen gemacht. Ich habe ihn scharf getadelt. Wenn Sie befehlen, wird er sich hei Ihnen entschuldigen.«

»Das ist nicht nötig«, sagte Herr Mertens. – Er sah nach der Uhr. Er hatte nur wenige Minuten Zeit, um das Dampfboot für Therapia noch zu erreichen. Er verschloß schnell seinen Arbeitstisch und entfernte sich mit Hadschi Mehemed.

Sobald er in Therapia seine Frau begrüßt hatte, sagte er:

»Du wirst dich freuen: Ohannes ist unschuldig.« Und er erzählte, was er kurz vorher von Hadschi Mehemed erfahren hatte.

»Und wie hat Ohannes die Nachricht aufgenommen?« fragte die junge Frau.

Mertens wurde verlegen: »Ich habe ihn noch gar nicht gesehen.«

»Was?« rief Frau Mertens entrüstet. »Der Unglückliche soll noch eine Nacht voll Unruhe und Sorge verbringen! Das geht nicht. Er muß noch heute erfahren, daß er gerechtfertigt dasteht.«

»Aber wie? Ich kann doch heute abend nicht noch einmal nach Galata zurückkehren? – Ich würde kein Boot mehr finden, um wieder herauszukommen.«

»Telegraphiere an einen der Kommis!«

»Keiner von ihnen wohnt jetzt in Galata oder Pera. Sie sind in Kardiken, Moda, Prinkipo zerstreut.«

»Dann telegraphiere an Gomida!«

»Gomida . . . Gomida . . . Es ist unsicher, ob mein Telegramm ihn trifft, und ob er es richtig verstehen würde.«

»Ich will dir einen Vorschlag machen«, sagte die gute Frau. »Es ist noch früh, die Tage sind lang. Nimm einen Wagen! Ich begleite dich.

Wir können vor neun Uhr wieder hier sein. Das Essen kann eine halbe Stunde oder ein bißchen länger warten.«

Mertens, der sich schuldig fühlte, leistete nur schwachen Widerstand, und zehn Minuten später rollte das junge Paar in einem offenen Wagen, von zwei mageren, aber schnellen Gäulen gezogen, Galata zu. – Dem Kutscher war ein reichliches Trinkgeld versprochen, die Straße eben; nach einer kleinen Stunde hielt der Wagen vor Herrn Mertens' Bureau.

Gomida war zu Hause und einigermaßen erstaunt, seinen Herrn zu so ungewöhnlicher Stunde zu sehen; aber er gab das nicht zu erkennen.

»Weißt du, wo Ohannes wohnt?«

»Ja, Herr!«

»Ist es weit von hier?«

»Nein, keine hundert Schritte.«

»So rufe ihn sogleich. Du kannst ihm auch sagen, ich hätte eine gute Nachricht für ihn.«

Klarer wollte sich Mertens nicht äußern. Er wünschte für sich und seine Frau die Freude, Ohannes zu sehen, wenn dieser erfuhr, es laste kein Verdacht mehr auf ihm.

Nach etwa zehn Minuten erschienen Gomida und Ohannes. Gomida wollte sich entfernen; Mertens bedeutete ihm zu bleiben. Ohannes sah bleich und abgehärmt aus, aber er bewahrte seine Ruhe vollkommen.

Frau Mertens hatte sich in einen dunklen Teil des Zimmers zurückgezogen und beobachtete von dort alles, was vorging.

»Ohannes,« sagte Herr Mertens, »es hat sich herausgestellt, daß Hadschi Mehemed dich ungerechterweise beargwohnt hat, – das Geld hat sich wiedergefunden. Ich werde es dir morgen zurückgeben, und dazu noch zehn Pfund, die Hadschi Mehemed und ich dir schenken.«

Ohannes reckte sich in die Höhe und atmete zweimal tief auf. Dann sagte er feierlich: »Der Herr sei gelobt!«

»Du kannst morgen wieder deinen alten Dienst antreten.«

»Ich danke Euch, Herr!«

»Nun aber sage mir, Ohannes, weshalb hast du dich gegen Hadschi Mehemeds Anschuldigung nicht besser verteidigt?«

»Ich tat es, Herr, nach meinen Kräften; – aber Ihr glaubtet mir nicht!«

»Woher hast du die dreißig Pfund genommen, die du Hadschi Mehemed heute früh gegeben hast?«

»Gomida hat sie mir geliehen. Er glaubte mir.«

»Aber dreißig Pfund sind eine große Summe. Wie konntest du sie opfern wollen?«

Da erhob Ohannes langsam den gesenkten Blick, und seine ernsten großen Augen sahen, an Mertens vorbei, in die Leere. Ein leises, kaum bemerkbares Zittern durchrieselte den mächtigen Körper, und dann sagte er leise: »*Galata-Seraï!*«